El cemí mágico

LA INCREÍBLE HISTORIA DE ISABELLA Y SU VIAJE EN EL TIEMPO

Por Walter Feshold Rodríguez

Ilustrado por Jason Velázquez

The Magical cemí

THE INCREDIBLE STORY OF ISABELLA AND HER JOURNEY THROUGH TIME

By Walter Feshold Rodríguez

Illustrated by Jason Velazquez

El Cemí Mágico:
La increíble historia de Isabella y su viaje en el tiempo
© 2022 by Walter Feshold
Illustrated by Jason Velazquez

Printed in the United States of America.
Harcover: ISBN-13: 978-1-7379864-2-3
Paperback: ISBN-13: 978-1-7379864-1-6

"Atención pasajeros, el vuelo 787 con destino a San Juan, Puerto Rico, comenzará a abordar en diez minutos por la puerta de abordaje C3."

"¡Ese es mi vuelo!" Exclamó Isabella.

Desde que tiene recuerdos, todos los veranos ha viajado a Puerto Rico a visitar a sus tíos. Este año fue diferente, pues viajó sola por primera vez. No sintió miedo, pues Isabella era una niña muy segura de sí misma. Aunque nació en Puerto Rico, a los dos años sus padres se mudaron al estado de Florida. Isabella tenía doce años y un hermanito de siete años llamado Sebastián.

Le gustaba jugar al fútbol, la lectura, era muy curiosa y un poco introvertida. De pelo lacio negro largo y piel bronceada, Isabella lucía todos los rasgos de nuestra herencia taína.

"Attention, passengers, Flight 787, bound for San Juan, Puerto Rico, will begin boarding in ten minutes through gate C3."

"That's my flight!" Isabella exclaimed.

For as long as she could remember, every summer, Isabella traveled to Puerto Rico to visit her aunt and uncle. This year was different, as she would be traveling alone for the first time. She was not afraid; Isabella was a very confident child. Although she was born in Puerto Rico, at the age of two, her parents moved to the state of Florida. Isabella was now twelve years old and had a seven-year-old brother named Sebastian.

Isabella liked to play soccer, read, was very curious, but still a bit introverted. Her features were emblems of the Taíno heritage: long, straight, black hair and tanned skin.

Sus tíos vivían en una finca muy bonita en el pueblo de Caguas. Ellos no habían podido tener hijos, así que trataban a Isabella como si fuera su propia hija. A Isabella siempre le había gustado el campo de sus tíos.

La finca quedaba cerca de la autopista. El río Bairoa bordeaba la finca por uno de sus extremos, y el suave sonido del transcurrir de las aguas le añadía una calma refrescante al lugar.

Una inmensa Ceiba ocupaba un lugar céntrico en la finca. Al centenario árbol lo acompañaban unas gigantes piedras grises, las cuales estaban abrazadas por las raíces de un yagrumo. La Ceiba parecía custodiar el pequeño valle que quedaba justo delante de ella. Al otro lado del valle, sobre una colina, estaba la casa de los tíos.

Isabella's aunt and uncle lived on a very nice farm in the town of Caguas. They were not able to have children, so they treated Isabella as if she were their own daughter. Isabella always enjoyed their little piece of countryside.

The farm was close to the highway. The Bairoa River bordered the farm at one end, and the soft sound of the gurgling water added a refreshing calm to the place.

A huge Ceiba tree occupied a central place on the estate. The centenary tree was accompanied by giant gray stones, which were embraced by the roots of a yagrumo. The Ceiba seemed to guard the small valley just in front of it. On the other side of the valley, on a hill, stood the house of Isabella's aunt and uncle.

Al llegar a la casa de sus tíos, y luego de un largo abrazo, Isabella le pidió a su tía Zayda que le preparara uno de sus alimentos favoritos, yuca frita.

"¡Como te encanta la yuca, Isabella!" Le dijo titi Zayda.
"¡Sí, son mis papas fritas favoritas!" Exclamó Isabella.
"Pero Isabella, la yuca no es papa."
"¿No?, ¿y qué son?"
"Es un tubérculo que ha sido parte de nuestra dieta desde el tiempo de los taínos."
"¿Los taínos?"
"Si, los taínos fueron los habitantes nativos de Puerto Rico, o como ellos llamaban a la isla, Boriquén."
"Hey, ¡yo soy boricua pa' que tú lo sepas!"
"Sí Isabella, eres una linda boricua."
Al terminar de comer las yucas fritas, Isabella le pidió permiso a su tía para dar un paseo por la finca.

"Claro Isabella, pero ten cuidado en el río."
"¡Si titi!" Exclamó Isabella muy contenta.

Upon arriving at her uncle's house, and after a long hug, Isabella asked her aunt Zayda to prepare one of her favorite foods, fried yuca.

"You love yuca, Isabella!" Her aunt said.
"Yes, they are my favorite French fries!" Isabella exclaimed.
"But Isabella, a yuca is not a potato."
"No? Then what are they?"
"It is a tuber vegetable that has been part of our diet since the time of the Taínos."
"The Taínos?"
"Yes, the Taínos were the native inhabitants of Puerto Rico, or as they called the island, Boriquén."
"Hey, ¡yo soy boricua pa' que tú lo sepas!"
"Yes, Isabella, you are a beautiful Boricua."

When she finished eating the fried yuca, Isabella asked her aunt for permission to take a walk around the farm.

"Sure, Isabella, but be careful around the river."
"Yes, titi!" Isabella exclaimed happily.

El río era su lugar favorito de la finca. Le gustaba mucho, pues se sentía como si estuviera en otro mundo, rodeada por la naturaleza, aunque se escuchaba en la lejanía el transitar de los carros por el puente de la autopista.

Disfrutaba mucho sentarse en una piedra que tenía forma de asiento. Acostumbraba a sentarse allí y admirar la belleza del lugar. Desde pequeña había recorrido las orillas de aquel río. Se lo sabía de memoria. De momento, una pequeña piedra le llamó la atención. Nunca había visto algo igual. Recogió la piedra y se fijó en ella. Tenía una forma triangular y unas marcas extrañas.

Qué piedra más rara. Pensó Isabella.

Isabella no lo sabía, pero había encontrado un cemí taíno. ¡Todo un hallazgo arqueológico!

The river was Isabella's favorite place on the estate. She liked it very much because it felt as if she were in another world, surrounded by nature, even though you could still hear the speedy passing of cars over the highway bridge in the distance.

She really enjoyed sitting on a stone that was shaped like a seat. Isabella had a habit of sitting there, admiring the beauty of the place. Since her early childhood, she walked the banks of that river; she knew it by heart. Suddenly, a small stone caught her eye. Isabella had never seen anything like it. She then picked up the stone and studied it carefully. It had a triangular shape and strange markings.

What a strange stone, Isabella thought.

Isabella didn't know it, but she had found a cemí, a Taíno relic. It was quite an archaeological find!

Era un cemí muy especial, tenía poderes mágicos. Al sujetarlo con sus manos por varios segundos, Isabella comenzó a sentirse mareada. Sin darse cuenta, se quedó dormida en la piedra con forma de asiento. Momentos después se despertó.

"Wow, ¿qué me pasó? Me siento rara."

Se dio cuenta que tenía la extraña piedra en sus manos y decidió regresar a la casa para enseñársela a la tía. Pero notó algo extraño. No se escuchaba el transitar de los carros, lo que sí se escuchaba eran unas voces de niños hablando un extraño idioma. Todo la hizo sentir miedo, el volumen de las voces aumentaba, anunciando la proximidad de los niños, y decidió esconderse detrás de unos arbustos. Vio llegar al río a dos niños de apariencia muy extraña.

The cemí was very special cemí; it had magical powers. Holding it with her hands for several seconds, Isabella began to feel dizzy. Without realizing it, she fell asleep on the stone in the shape of a seat. Moments later, she woke up.

"Wow, what happened to me? I feel weird."

Isabella realized she had the peculiar stone in her hands and decided to return to the house to show it to her aunt. But she noticed something odd. She couldn't hear the cars swooshing over the bridge anymore; what she could hear were the voices of children speaking an unfamiliar language. Everything made her feel afraid; the volume of the voices rose, announcing the proximity of the children, and Isabella quickly decided to hide behind some bushes. From there, she could see two strange-looking children arrive at the river's edge.

Permaneció escondida todo el tiempo observando aquellos niños jugando en el río. Un extraño pensamiento le pasó por la mente; los niños parecían indios. Miró a lo lejos tratando de ubicarse y se dio cuenta que el puente de la autopista no estaba. Asustada, soltó la extraña piedra y buscó su celular.

Al soltar la piedra, comenzó a sentirse mareada de nuevo, se dio cuenta que su teléfono no tenía señal y se quedó dormida.

Minutos después despierta. Miró su teléfono y vio que tenía una llamada perdida de su tía. Miró hacia el río, y no vio a los niños. Volvió a escuchar el transitar de los carros en la lejanía. Vio la piedra extraña a su lado en el suelo, pero no la tocó y decidió dejarla allí. Estaba asustada, no entendió lo que le acababa de suceder.

Tomó el celular y llamó a su tía.

"Titi, estoy en el río, voy ahora".

Isabella remained hidden the whole time watching those children playing in the river. A strange thought crossed her mind; the children looked like Indians. She looked to the distance, trying to figure out where she was and realized the highway bridge was not there. Frightened, she let go of the weird stone and searched for her cell phone.

Upon releasing the stone, Isabella began to feel dizzy again, realizing that her phone had no signal, and she fell asleep.

Minutes later, Isabella woke up. She looked at her phone and saw a missed call from her aunt. She looked up at the river and didn't see the children. She could hear the cars traveling again in the distance. She saw the strange stone next to her on the ground but did not touch it and decided to leave it there. Isabella was scared. She didn't understand what had happened to her.

She took her cell phone and called her aunt.

"Titi, I'm at the river, I'm going now".

Al caminar logró ver el puente y se sintió más tranquila. Llegó a la casa y no le contó a nadie lo que pasó.

Esa noche no pudo dormir muy bien, no le hizo sentido lo que le sucedió en el río. ¿Por qué había desaparecido el puente?, ¿quiénes eran aquellos extraños niños y qué lenguaje hablaban?, ¿qué era aquel extraño objeto que encontró y por qué se quedó dormida?, ¿por qué su teléfono se había quedado sin señal y luego tuvo señal?

Al día siguiente, su tía le preparó un rico desayuno de huevos, tostadas, tocineta, y jugo de parcha.

No podía pensar en otra cosa que no fuera lo que le había sucedido el día anterior. Como niña curiosa al fin, decidió investigar sobre los indios de Puerto Rico, y le preguntó a su tía si ella sabía algo sobre el tema.

"¿Titi, tú sabes algo sobre los indios de Puerto Rico?"

"Claro, eran los taínos."

As Isabella walked, she could finally see the bridge and felt calmer. She arrived at the house and didn't tell anyone what happened.

That night, Isabella could not sleep very well; it did not make sense to her what happened at the river. Why had the bridge disappeared? Who were those strange children, and what language did they speak? What was that weird object she found, and why did she fall asleep? Why had her phone lost signal and then a moment later have it back?

The next day, Isabella's aunt prepared her a delicious breakfast made of eggs, toast, bacon, and passion fruit juice.

Isabella couldn't think of anything other than what had happened to her the day before. A curious child to the end, she decided to investigate the Indians of Puerto Rico and asked her aunt if she knew anything about it.

"Titi, do you know something about the Indians of Puerto Rico?"

"Of course, they were the Taínos."

"Ellos habitaban las Antillas Mayores cuando llegó Cristóbal Colón. Eran los pobladores nativos de la región. Se les llamó indios porque Colón pensaba que había llegado a la India. "

"¿Cristóbal Colón?, ¿quién es él?"

"Okay, se me olvida que vives en Florida y no tienes la clase de historia de Puerto Rico, así que te hablaré un poco sobre nuestra historia, y sobre los taínos."

"¡Sí, quiero saberlo todo!"

"Me encanta tu interés, Isabella."

La tía comenzó a compartir su conocimiento sobre los taínos, el cual era básico. Decidió buscar en el internet información y de momento, ahí estaba, ¡una imagen del cemí!

Cuando Isabella lo vio, exclamó, "¡Mira! ¿qué es eso?"

"Eso es un cemí, los taínos lo usaban como un amuleto religioso."

"¿Y qué es un amuleto, titi?"

"Es lo que para un cristiano representa una cruz. Representaba a sus dioses."

"Oh."

They inhabited the Greater Antilles when Christopher Columbus came to shore. They were the native inhabitants of the region. They were called Indians because Columbus thought he had come to India."

"Christopher Columbus? Who is he?"

"Okay, I forget that you live in Florida and don't have a class about Puerto Rico's history, so I'll tell you a little bit about our history and the Taínos."

"Yes, I want to know everything!"

"I love your interest, Isabella."

Isabella's aunt began to share her knowledge about the Taínos, which was bits and pieces of folktales. Isabella then decided to do some research on the internet for more information; and then, there it was, an image of the cemí!

When Isabella saw it, she exclaimed, "Look! What is that?"

"That is a cemí; the Taínos used it as a religious amulet." Zayda replied.

"And what is an amulet, titi?"

"It is what, for us, would be a cross. It represented their gods."

"Oh."

La charla continuó por una hora. Isabella dejó saber un interés muy particular por el tema, pero nunca dijo nada de lo que le había pasado. Su tía le habló sobre los conucos, la yuca, el yucayeque, los bohíos, el caney, el dujo, el guanín, las naguas, el batey, y los caciques.

Al terminar la charla, todavía durante la mañana, Isabella corrió otra vez al río, en busca del cemí.
Cuando llegó al lugar, vio el cemí donde lo había dejado. Lo contempló y reflexionó. ¿Habría sido todo un sueño, o aquel cemí tenía algún extraño poder?

The conversation continued for an hour. Isabella made it clear she had a very particular interest in the subject but never said anything about what had happened to her. Her aunt told Isabella about the conucos, yuca, yucayeque, bohíos, caney, dujo, guanín, naguas, batey, and caciques.

After all her inquiries, it was still early, so Isabella ran back to the river in search of the cemí. Upon arriving to the river's shore, Isabella saw the cemí right where she left it. She contemplated and reflected on it. Was it all a dream, or did that cemí have some magical power?

Decidió sujetarlo nuevamente, y comenzó a sentirse mareada, hasta quedarse dormida. Al despertar, volvió a notar la ausencia del ruido de los carros, buscó el puente y no lo vio. No lo pudo creer, todo estaba pasando nuevamente. Buscó su teléfono, y no funcionaba. Sintió miedo, pero a la misma vez mucha curiosidad ante una experiencia tan increíble. Reconoció que estaba en el mismo lugar, pues, el río y las piedras coincidían con su recuerdo, aunque la vegetación se veía distinta.

Sin soltar el cemí, decidió explorar el río, tan familiar como extraño al mismo tiempo.

Caminando en dirección a la casa de su tía, comenzó a escuchar unas personas hablando. Se detuvo y se escondió para tratar de ver a las personas, las cuales hablaban una extraña lengua.

Isabella decided to hold it again, and then she began to feel dizzy until she fell asleep. When she woke up, Isabella noticed the absence of the whoosh from the cars and looked for the bridge, which was also gone. She couldn't believe it; it was happening again. She pulled out her phone, and it wasn't working either. She felt fear, but at the same time, she was very curious about such an incredible experience. Isabella recognized that it was the same place because the river and stones coincided with her memory, although the vegetation looked different.

Without letting go of the cemí, she decided to explore the river, which was familiar and different at the same time.

Walking in the direction of where her aunt's house would have been, Isabella began to hear people's voices. She stopped and hid to try to see the people who spoke the unfamiliar language.

Seguía sujetando el cemí, y se acomodó para espiar a aquellas extrañas personas. Se dio cuenta de que todas eran mujeres y que parecían estar trabajando la tierra. Recordó lo que su tía le había mencionado sobre los conucos. Aquellas mujeres, vestidas como las taínas, con naguas, estaban trabajando en el conuco de la aldea. Reconoció la hoja de yuca y los montones de tierra en donde la sembraban.

No lo podía creer, al parecer el cemí tenía el poder de transportarla en el tiempo. Extasiada, y con temor por lo que estaba pasando, decidió volver al río, y ver si podía regresar en el tiempo a la casa de su tía. Pero se dio cuenta, que por el camino de regreso al río, venían unos niños taínos caminando.

Se vio obligada a moverse para que no la vieran, y sin darse cuenta se fue moviendo en dirección a la Ceiba.

Isabella held onto the cemí and settled down to try and spy on those strange people. She realized that they were all women and seemed to be working the land. She remembered what her aunt mentioned about the conucos. Those women, dressed like Taínas, with naguas, were working in the conuco of the village. She recognized the yuca leaf and mounds of dirt where it was planted.

Isabella couldn't believe it! The cemí had the power to transport her back in time. Ecstatic and afraid of what was going on, Isabella decided to go back to the river and see if she could go back in time to her aunt's house. But on her way, she realized that some Taíno children are walking in her direction.

She was forced to move so that they did not see her, and without realizing it, she moved in the direction of the Ceiba.

Pronto logró ver la aldea y encontró un buen lugar desde donde apreciar todo el paisaje sin ser vista. Se subió a un árbol con grandes espinas que por alguna extraña razón le pareció muy familiar.

Desde allí logró ver todo el yucayeque, los bohíos, el caney, y hasta el cacique. El cacique le impresionó mucho. El guanín que tenía colgado al cuello resplandecía. Observó cuando el cacique se sentó en el dujo frente al caney, el cual se distinguía del resto de los bohíos.

De momento, el resplandor del guanín la desconcentró momentáneamente, y asustada por caer, arrojó el cemí hacia las piedras y bajó del árbol rápidamente. Al llegar al suelo, comenzó a sentirse mareada y cayó en un profundo sueño.

She soon managed to see the village and found a good place from which to appreciate the whole landscape without being seen. She climbed a tree with large thorns that, for some strange reason seemed very familiar to her.

From there, she got to see all the yucayeque, bohíos, caney, and even the cacique. The cacique impressed her greatly. The guanín that hung around his neck shone with the sunlight. Isabella watched as the cacique sat in his dujo in front of the caney, which distinguished itself from the rest of the bohíos.

Suddenly, the glow of the guanín took her concentration long enough that she wobbled; frightened that she might fall, Isabella threw the cemí toward the boulders and quickly climbed down the tree. Upon reaching the ground, once again, Isabella felt dizzy and fell into a deep sleep.

Al despertar se dio cuenta que estaba justo al lado del árbol que tan familiar le parecía. Claro, era la majestuosa Ceiba que se encontraba en la finca de sus tíos. Ya era un árbol maduro, y había perdido las espinas. Y allí, entre las inmensas piedras que están junto a la Ceiba, vio el cemí, pero no logró agarrarlo, pues el mismo quedó pillado con las raíces del yagrumo.

Decidió dejarlo allí, y regresó a la casa justo a la hora de la cena. Al llegar a la casa, Zayda le preguntó dónde había estado.

"Te estuve llamando toda la tarde," Le dijo titi Zayda un poco molesta. Verificó su teléfono y vio que tenía 4 llamadas perdidas. Zayda estaba muy molesta. Ella le dijo que estuvo todo el día paseando por la finca y que se sentó bajo la Ceiba y se quedó dormida.

When she woke up, Isabella realized that she was right next to the tree that seemed so familiar to her. Of course, it was the majestic Ceiba that was on her family's farm. It was already a mature tree, and it had lost its spines. And there, among the immense stones that were next to the Ceiba, she saw the cemí. She tried to retrieve it, but it had become wedged between the roots of the yagrumo.

Isabella decided to leave it there and returned to her aunt and uncle's house right on time for dinner. Her aunt asked where she had been the moment Isabella came through the door.

"I was calling you all afternoon," Isabella's aunt scolded. Isabella checked her phone and saw that there were four missed calls. Zayda was very upset. She told her aunt that she spent the whole day walking around the farm, and when she sat under the Ceiba, she fell asleep.

La tía le respondió que no la culpaba, pues ese era su lugar favorito de la finca. Le dijo que tenía que estar más pendiente a su teléfono.

Luego de comer, se fue a descansar al balcón de la casa desde donde se podía apreciar la gran Ceiba a lo lejos. Al ser verano, todavía había luz diurna, y decidió caminar nuevamente hacia la Ceiba.

En su caminar, trató de recordar cómo se veía todo desde la Ceiba y se dio cuenta que estaba caminando sobre el mismo terreno en que una vez existió una aldea taína. No lo podía creer. Sentía la energía del lugar. No se lo quería contar a nadie, pues pensaba que la gente pensaría que ella estaba mintiendo. Necesitaba contarlo de una manera diferente.

Isabella's aunt admitted to her that she didn't blame Isabella, as that was also her favorite place on the farm. She told Isabella that she needed to be more attentive to her phone.

After dinner, Isabella went out to the balcony to rest; from there, you could see the great Ceiba in the distance. Since it was summer, there was still daylight, and Isabella decided to walk back to the Ceiba.

As she walked, she tried to remember what everything looked like from the Ceiba and realized that she was walking on the same ground where a Taíno village once existed. She couldn't believe it. Isabella felt the energy of the place. She didn't want to tell anyone because people would think she was lying. She needed to tell it a different way.

Al llegar a la Ceiba, miró hacia las rocas, y notó algo extraño. En el tiempo Taíno, las piedras se veían limpias, sin vegetación ni árboles. Pero ahora, en su tiempo presente, las piedras estaban cubiertas parcialmente por las raíces del hermoso árbol de yagrumo. Todo le pareció muy confuso, pero se aseguró de que el cemí seguía allí, y retornó a la casa.

No podía creer nada de lo que estaba pasando. Creyó estar en una película de ficción. Cuando regresó a la casa, inmediatamente se conectó al internet y comenzó a investigar más sobre los taínos.

Upon reaching the Ceiba, Isabella looked up at the rocks and noticed something peculiar. In the Taíno time, the stones looked clean, without vegetation or trees. But in the present time, the stones were partially covered by the roots of the beautiful yagrumo. Everything still seemed very confusing to her, but she made sure that the cemí was still there and returned to the house.

Isabella couldn't believe anything that was going on. She felt like she was in a fiction movie. As soon as she got back to the house, Isabella immediately connected to the internet and began to investigate more about the Taínos.

Al día siguiente, sus tíos le tenían una sorpresa. Al ver su interés por la cultura de los taínos, decidieron llevarla al parque ceremonial de Caguana en Utuado. A ella le encantó la idea, aunque en realidad deseaba quedarse en la finca y emprender nuevamente su viaje en el tiempo.

Al llegar a Caguana, se dio cuenta que aquel lugar se parecía mucho a la aldea que alguna vez hubo en la finca de sus tíos.

El encargado del parque, un arqueólogo experimentado llamado Jorge, hizo una conexión inmediata con Isabella. A Jorge le pareció maravilloso el interés de Isabella por la cultura taína. Jorge le habló sobre los caciques, el areito, el rito de la cohoba, el behique, el cemí, y los petroglifos. A Isabella le interesó mucho el significado de los petroglifos, pues en Caguana había muchos.

Isabella le hizo decenas de preguntas. Pero había una que le inquietaba mucho, ¿qué había pasado con los taínos?,   ¿por qué habían desaparecido?

The next day, Isabella's aunt and uncle had a surprise for Isabella. Having noticed her interest in the Taíno culture, they decided to take Isabella to the Caguana Ceremonial Park in Utuado. Isabella loved the idea; though, she actually wanted to stay on the farm and start her time journey again.

Upon arriving in Caguana, she realized that place looked much like the village that once existed on her aunt and uncle's farm.

Isabella and the park manager, Jorge, a veteran archaeologist, quickly connected. They spoke to each other like old friends. Jorge found Isabella's interest in the taíno culture wonderful. Jorge told her about the caciques, areito, the rite of the cohoba , behique, cemí, and petroglyphs. Isabella was very interested in the meaning of the petroglyphs because, in Caguana, there were many.

Isabella asked Jorge dozens of questions. But there was one that she was really uneasy about: what had happened to the Taínos?, why had they disappeared?

Jorge levantó el ceño y suspiró, como si una antigua tristeza le pesara en su pecho.

"Esa es una historia muy triste, Isabella. Por ahora solo te diré que su relación con los españoles fue muy trágica. Uno de los factores que más daño le hizo a los taínos fueron las enfermedades que trajeron los europeos. Eran enfermedades contagiosas las cuales provocaron la muerte de muchísimos taínos. Pasaron otras cosas, pero esas las estudiarás según vayas creciendo. Pero hablemos de cosas más alegres Isabella. Volvamos al batey, hoy tenemos una recreación del juego del batú hecha por estudiantes de tu edad."

"¡Sí, quiero verlo, leí que tiene un parecido con el fútbol!" contestó Isabella.

Isabella quería saberlo todo, pero ya tenían que regresar a la casa, en Caguas. Llegaron tarde en la noche, e Isabella, muy cansada por el largo viaje, se acostó a dormir.

Jorge raised his eyebrows and let out a sigh as if he had a heavy burden in his chest.

"That's a very sad story, Isabella. For now, I will only tell you that their relationship with the Spaniards was tragic. One of the factors that did the most damage to the Taínos was the diseases the Europeans brought to the island. They were contagious diseases that caused the death of many Taínos. Other things happened, but you'll study those as you grow older. But let's talk about more joyful things, Isabella. Let's go back to batey; today, we have a recreation of the game, batú, made by students your age."

"Yes, I want to see it. I read that it has a resemblance to soccer!" Isabella replied.

Isabella wanted to know everything, but alas, they had to return home to Caguas. They arrived late at night, and Isabella, very tired from the long journey, went straight to bed.

Al día siguiente, luego de desayunar, Isabella fue corriendo hacia la Ceiba a buscar el cemí para aventurarse nuevamente en el mundo taíno. De ahora en adelante pasó menos tiempo en el mundo taíno, así evitó estar ausente si su tía la llamaba.

Con mucho trabajo logró sacar el cemí de entre las piedras y las raíces del árbol. Lo sujetó y comenzó a sentir el esperado mareo. Se quedó dormida y al despertar, le llamó la atención las piedras. Primero confirmó que las piedras se veían diferentes en ambas dimensiones, en el mundo taíno se veían sin vegetación, y en el mundo actual estaban cubiertas de vegetación.

Pero más le llamó la atención las marcas que vio en las piedras. Se dio cuenta que era un petroglifo como los que vio en Caguana.

The next day, after breakfast, Isabella ran to the Ceiba to look for the cemí to venture back into the Taíno world. From then on, she would spend less time in the Taíno world, so she would avoid being absent if her aunt called her.

With a lot of work, Isabella managed to get the cemí out from between the stones and roots of the yagrumo. She held it, began to feel the expected dizziness, and fell asleep. When she woke up, the first thing that got her attention was the stones. First, she confirmed that the stones looked different in both dimensions; in the Taíno world, they had no vegetation, but in the present world, they were covered with vegetation.

However, Isabella was most fascinated by the marks she saw on the stones. She realized that it was a petroglyph like the ones she saw in Caguana.

Decidió subirse al árbol para poder observar la aldea. Comenzó a ver que los habitantes de la aldea se estaban reuniendo en lo que ella reconoció como el batey. Allí vio a un grupo de taínos jugando con lo que parecía una bola.

"¡Están jugando al batú!" Exclamó Isabella.

Isabella decided to climb the tree to observe the village. She began to see the villagers gathering in what she recognized as the batey. There, she saw a group of Taínos playing with what looked like a ball.

"They are playing batú!" Isabella exclaimed.

Luego de ver cinco minutos del juego del batú, decidió regresar al tiempo presente e investigar sobre el petroglifo que acababa de descubrir. Escondió el cemí entre las piedras y se preparó para su viaje en el tiempo. Al despertar, ya en el presente, comenzó a remover la vegetación que cubría parcialmente las piedras, ¡y ahí estaba el petroglifo!

Sin esperar ni un minuto más, arrancó a correr hacia la casa de sus tíos para compartir su hallazgo.
"¡Titi, titi!" gritó Isabella. "¡encontré un petroglifo!"

Su tía se animó a verificar lo que decía Isabella. Y qué sorpresa se llevó. Zayda no lo podía creer. ¡Era un petroglifo!

Su tía le dijo que iba a llamar a Jorge, el arqueólogo del Parque de Caguana, para avisarle del hallazgo. Isabella se puso muy feliz pero a la misma vez se preocupó de que encontraran el cemí. Decidió volver a las piedras para cambiar el cemí de lugar, después de la cena.

After watching five minutes of the batú game, Isabella decided to return to the present and investigate the petroglyph she had just discovered. She hid the cemí among the stones and prepared for her time travel. Upon awakening in the present, she began to remove the vegetation that partially covered the stones, and there it was! A petroglyph!

With no hesitation, Isabella took off running toward her aunt and uncle's house to share her findings.
"¡Titi, titi!" Isabella called out. "I found a petroglyph!"

Seeing her niece's excitement, Isabella's aunt was encouraged to check out what Isabella claimed. And to her surprise, it was true! It was a petroglyph!

Zayda promised her that she would call Jorge, the archaeologist of Caguana Park, to let him know about her discovery. Isabella was very happy but at the same time worried that they could find the cemí. She decided to return to the rocks to change the cemí's location after dinner.

El hallazgo se convirtió en el tema del día. Durante toda la cena solo se habló de los taínos. Jorge había confirmado que visitaría la finca al día siguiente. Isabella estaba muy emocionada.

Al terminar la cena, Isabella se dirigió hacia las piedras para cambiar de lugar el cemí. Decidió enterrarlo entre la Ceiba y las piedras. Primero cavó un hoyo y luego, con mucho cuidado, utilizando unas ramas, sacó el cemí de entre las piedras, y con los pies, poco a poco, lo llevó hasta el hoyo y lo enterró. La operación fue un éxito. Tenía que evitar tocar el cemí y los mareos que anticipaban su viaje en el tiempo.

A la mañana siguiente, Jorge confirmó el hallazgo, era un petroglifo taíno. Jorge les comentó a los tíos de Isabella sobre la posibilidad de que en su finca existieran más artefactos y evidencias sobre los taínos.

The discovery became the topic of the day. They talked about the Taínos all through dinnertime. Jorge confirmed that he would visit their estate the next day. Isabella was very excited.

At the end of dinner, Isabella hurried back to the stones by the river's edge to hide the cemí in a better location. She decided to bury it between the Ceiba and the stones. First, she dug a hole, then, carefully using some branches, she pulled the cemí from between the stones. Finally, with her feet, little by little, she took it to the hole and buried it. The operation was a success. Isabella had to avoid touching the cemí or else the dizziness that anticipated her journey in time would take over.

The next morning, Jorge confirmed the find. It was a Taíno petroglyph. Jorge told Isabella's aunt and uncle about the possibility that there were more Taíno artifacts and evidence on their farm.

Jorge les dijo que este tipo de petroglifo se había encontrado en lugares que pudieron ser aldeas taínas. Isabella se maravillaba con el conocimiento del arqueólogo. Lo que se imaginaba Jorge era precisamente lo que hubo allí varios siglos antes. El arqueólogo les pidió permiso a los tíos de Isabella para volver en un mes con un grupo de arqueólogos e iniciar una inspección del lugar. Los tíos de Isabella le respondieron en la afirmativa.

Isabella no lo podía creer. Gracias a ella, y al cemí mágico, se iba a poder conocer más sobre los taínos. Pero tenía un dilema, mantener su secreto o contar todo sobre el cemí y sus poderes mágico.

Recordó las palabras de Jorge sobre el efecto de las enfermedades traídas por los europeos. Pensó que lo mejor era guardar su secreto e impedir que encontraran el cemí y que hubiesen más contactos con el mundo taíno.

Esa noche se prometió que solo haría el viaje en el tiempo una vez más, y luego escondería el cemí para siempre.

Jorge said that this type of petroglyph had been found in places that could have been Taino villages. Isabella was marveled at the archaeologist's knowledge. What Jorge imagined was precisely what was there several centuries before. The archeologist asked Isabella's aunt and uncle for permission to return in about a month with a group of archaeologists to begin an inspection of the site. Isabella's uncle agreed.

Isabella couldn't believe it. Thanks to her and the magical cemí, people would know more about the Taínos. But she had a dilemma: keep her secret or confess everything about the cemí and its amazing power.

She recalled Jorge's words about the effect of diseases brought by Europeans. She thought it best to keep this a secret, prevent them from finding the cemí, and from having more contact with the Taíno world.

That night, Isabella promised herself that she would only time travel once more and then hide the cemí forever.

Al día siguiente, luego de desayunar, fue en busca del cemí. Su idea era buscar el cemí, llevarlo al río, donde lo encontró originalmente, y dejarlo allí.

Desenterró el cemí, lo sujetó, y a los pocos segundos comenzó a sentir el mareo. Al despertar, se ubicó según en donde quedaba la casa de sus tíos y comenzó a caminar en dirección hacia el río.

Al llegar al río, encontró su lugar favorito, la piedra en forma de asiento. Allí fue en donde originalmente había encontrado el cemí. Decidió arrojarlo a la profundidad del río, pero antes de lanzarlo le echó una mirada a todo su alrededor, respiró hondo y se despidió del mundo taíno.

De momento algo inesperado ocurrió. Fue sorprendida por un niño taíno. Su nombre era Bajacú. Él la había estado espiando y, aunque no podía entender la apariencia extraña de aquella niña, sí había visto el cemí que tenía en sus manos, y se proponía quitárselo.

The next day after breakfast, Isabella went in search of the cemí. Her idea was to get to the cemí, take it to the river where she found it in the first place, and leave it there.

Isabella dug up the cemí, held it, and after a few seconds, she began to feel dizzy. Upon waking up, she oriented herself to where her aunt and uncle's house would be and began to walk in the direction of the river.

Upon reaching the river, she found her favorite place, the stone in the form of a seat. It was there that she had originally found the cemí. Isabella decided to throw it into the depths of the river, but before launching it, she looked around, took a deep breath, and said goodbye to the Taíno world.

Suddenly, something unexpected happened. A Taíno boy surprised Isabella. His name was Bajacú. He had been spying on Isabella, and although he could not understand the girl's strange appearance, he had seen the cemí that she had in her hands, and he intended to take it.

Isabella pegó un grito que asustó a Bajacú. Ambos se quedaron muy sorprendidos mirándose fijamente a los ojos. Bajacú intentó nuevamente quitarle el cemí, pero Isabella lo protegió con todas sus fuerzas. De momento y sin darse cuenta, a Isabella se le cayó el cemí, Bajacú no se dio cuenta tampoco, y ambos, entrelazados en su lucha por el cemí, comenzaron a sentir el mareo y se quedaron dormidos.

Al despertar, Isabella se dio cuenta que el niño taíno también se transportó al tiempo presente. Bajacú se despertó, se levantó, miró a Isabella y vio que ella no tenía el cemí en sus manos. Isabella, se puso muy nerviosa, intento buscar el cemí, pero no lo encontró. Bajacú notó algo muy raro; escuchaba ruidos extraños que le llamaron la atención. Era el ruido de los autos transitando por la autopista. Isabella tenía que actuar rápido, e intentó una conversación.

"Hola, soy Isabella."

Bajacú le volvió a prestar atención sin entender una sola palabra.

Isabella let out a scream that frightened Bajacú. Both were stunned and stared intently into each other's eyes. Bajacú managed to get his hands on the cemí, but Isabella protected it with all her strength. In the struggle, Isabella lost grip of the cemí. Bajacú does not realize it either. Then both, tangled up in their fight for the cemí, began to feel the dizziness and fell asleep.

Upon awakening, Isabella realized that the Taíno child was also transported to the present. Bajacú got up, looked at Isabella, and saw that she did not have the cemí in her hands. Isabella was very nervous and tried to look for the cemí but did not find it. Bajacú noticed something very strange; he heard unfamiliar noises. It was the noise of cars traveling on the highway. Isabella had to act fast and try a conversation.

"Hi, I'm Isabella."

Bajacú returned his attention to her without understanding a single word.

De momento le sonó el celular a Isabella, era su tía. Isabella le contestó y le dijo que iba para la casa ahora. Bajacú no entendió nada de lo que estaba pasando, y se veía muy nervioso.

Entonces Isabella se llenó de valor, tomó a Bajacú de la mano y caminó con él en dirección a la Ceiba. Sabía que Bajacú no estaba entendiendo nada y que al ver la ausencia de su aldea todo se iba a complicar. La idea era enseñarle el petroglifo y así hacerlo sentir más confiado.

Llegaron a la Ceiba e Isabella le mostró el petroglifo. Bajacú pareció reconocer el lugar, pues reaccionó sorprendido mientras miraba hacia el área en donde se suponía que estuviera su aldea. Comenzó a decir unas palabras totalmente desconocidas para Isabella. Su angustia se hacía cada vez mayor. Isabella lo tomó de la mano fuertemente y caminó con él de regreso al río. Bajacú pareció estar en un estado catatónico.

Isabella se dijo a sí misma, "Tengo que encontrar el cemí. "

At that moment, Isabella's cell phone rang; it was her aunt. Isabella answered the call and told her aunt that she was headed to the house. Bajacú didn't understand anything about what was going on and was very nervous.

Then Isabella was filled with courage, took Bajacú by the hand and walked with him in the direction of the Ceiba. She knew that Bajacú did not understand anything, and seeing the absence of his village, everything would get complicated. She figured that showing him the petroglyph would make him feel a little more comfortable.

They arrived at the Ceiba, and Isabella showed him the petroglyph. Bajacú appeared to recognize the place but seemed surprised as he looked toward the area where his village was supposed to be. He began to say some words completely unknown to Isabella. His anguish grew. Isabella took him tightly by the hand again and walked with him back to the river. Bajacú seemed to be in a catatonic state.

Isabella said to herself, "I have to find the cemí."

Al poco rato Isabella encontró el cemí, pero antes de iniciar el viaje en el tiempo, decidió tomarse un selfie con Bajacú. Isabella le enseñó la foto y Bajacú se sorprendió al verse junto a Isabella en aquel extraño aparato.

"Bueno niño taíno, es hora de regresar a tu época." Le dijo Isabella.

Isabella recogió el cemí, se lo puso en las manos a Bajacú y sujetando sus manos con todas sus fuerzas comenzaron a sentirse mareados y cayeron dormidos.

Soon, Isabella found the cemí, but before starting the journey back in time, she decided to take a selfie with Bajacú. Isabella showed him the photo, but Bajacú was surprised to see himself next to Isabella in that strange device.

"Well, Taino boy, let's go back to your time." Isabella told him.

Isabella picked up the cemí, put it between her and Bajacú's hands, and held on tight as they began to feel dizzy and fell asleep.

Al despertar, Isabella tomó de la mano a Bajacú y se dirigió corriendo hacia la Ceiba. Desde allí Bajacú vio nuevamente su aldea y comenzó a correr y gritar de la emoción. Isabella, muy feliz por ver la alegría de Bajacú, decidió esconder el cemí detrás de las piedras y comenzó a sentir el mareo quedándose dormida en varios segundos.

Al despertar, ya en la época actual, se dirigió corriendo hacia la casa de su tía la cual la estaba esperando.

"¿Qué hacías, Isabella?"

Casi sin aire le contestó que estaba buscando petroglifos por el río.

Upon awakening, Isabella took Bajacú by the hand and ran toward the Ceiba. From there, Bajacú saw his village again and began to run and cheer with excitement. Isabella, very happy to see Bajacú's joy, decided to hide the cemí behind the stones, and once again, began to feel the familiar dizziness and sleepiness within a few seconds.

When she woke up at the present time, Isabella ran back to her family's house, where her aunt was waiting for her.

"What were you doing, Isabella?"

Breathless, Isabella replied that she was looking for more petroglyphs by the river.

Su tía le dijo que tenía talento para ser una arqueóloga. Isabella se sentía mal por mentirle a su tía, pero sabía que nadie le creería su historia.

La tía le había preparado unas yucas fritas. Descansó un rato, y en la tarde caminó nuevamente hacia la Ceiba. Cavó un hoyo entre las dos piedras y enterró el cemí. Sabía que era muy peligroso volver a viajar en el tiempo, pero quería asegurarse de poder encontrar el cemí nuevamente y reencontrarse con Bajacú.

Luego de ese día, Isabella pasaba todas las tardes bajo la sombra de la Ceiba haciendo dibujos sobre la aldea taína y pensando en Bajacú. Le inquietaba saber que había pasado con él y cómo aquel evento le pudo haber cambiado la vida. La foto que se tomó con el niño taíno tenía que mantenerla en secreto. Aunque después pensó que lo mejor era decir que aquel era un niño recreando el juego del batú en Caguana. Ese secreto lo iba a guardar toda su vida.

Her aunt told her that she had a talent for being an archaeologist. Isabella felt bad for lying to her aunt but knew that no one would believe her story.

Isabella's aunt prepared some fried yuca for her. She rested for a while, and later in the afternoon, walked again toward the Ceiba. She dug a hole between the two stones and buried the cemí. She knew it was dangerous to travel back in time but wanted to make sure she could find the cemí and meet Bajacú again.

After that day, Isabella spent every afternoon under the shade of the Ceiba making drawings about the Taino village and thinking about Bajacú. She wondered what had happened to him and how that event could have changed his life. The photo she took with the Taíno boy had to be kept a secret. Although later, she thought the best thing was to say that he was a child recreating the game of batú in Caguana. She would keep that secret for the rest of her life.

Llegó el día de regresar a su casa en la Florida, y quiso pasar un último momento bajo la Ceiba. Miró hacia el petroglifo que estaba en la piedra y notó algo extraño.

¡Había un petroglifo nuevo en la piedra! Era una figura humana con lo que parecía ser un celular en la mano. No lo podía creer. Rápidamente concluyó que aquello tenía que ser obra de Bajacú.   Abrazó la piedra y se despidió diciendo: "Hasta luego, mi amigo taíno".

Había sido el mejor verano de su vida, y había aprendido de una forma fantástica sobre su herencia taína. Estaba ansiosa por escribir el famoso ensayo para la escuela sobre: "¿Qué hice en el verano?" El cual llevaría por título, "Soy una taína."

The day came to return home to Florida, and Isabella wanted to spend one last moment under the Ceiba. She looked up at the petroglyph that was on the stone and noticed something curious.

There was a new petroglyph on the stone! It looked like a human figure with what appeared to be a cell phone in its hand. Isabella couldn't believe it. She quickly concluded that this had to be the work of Bajacú. She hugged the stone and said goodbye, saying, "See you later, my Taíno friend ."

It had been the best summer of Isabella's life. She learned about her Taíno heritage in a fantastic way. Isabella was eager to write the famous "What Did I Do in the Summer?" essay at school, which would be titled, "I am Taína."

9 781737 986416